AVERTISSEMENT.

cafion, mon cher Lecteur, pour vous faire connoître combien je fuis zélé pour vôtre divertiffement. Les deux petites Piéces qui fuivent, ne font pas moins agréables, & je fuis perfuadé qu'elles réjoüiront autant les Curés fçavans, que les Chanoines dévots.

VAIR-

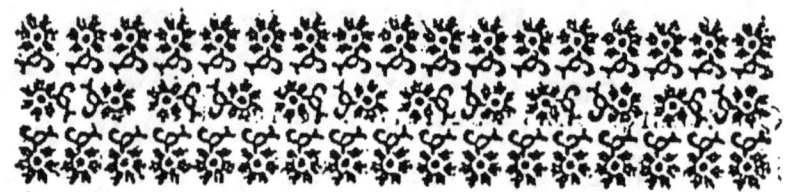

VAIRVERT

OU

LES VOYAGES

DU PERROQUET

DE LA VISITATION DE NEVERS.

A Madame de L: de T. Abbeſſe de ****

VOus près de qui les Graces ſolitaires
Brillent ſans fard, & régnent ſans fierté,
Vous dont l'eſprit, né pour la vérité,
Sçait allier à des vertus auſtéres
Le Goût, les Ris, l'aimable liberté;
(Puiſqu'à vos yeux vous voulez que je trace,
D'un noble Oiſeau la touchante diſgrace,)
Soyez ma Muſe, échauffez mes accens,
Et prêtez-moi ces Sons intéreſſans

A   Ceo

VAIRVERT

OU

LES VOYAGES

DU

PERROQUET

DE LA

VISITATION DE NEVERS.

POEME

HEROI - COMIQUE.

LA CRITIQUE DE VAIRVERT,

Comedie en un Acte.

LE CAREME IMPROMTU.

LE LUTRIN VIVANT.

par

A LA HAYE,

Chez PIERRE DE HONDT.

M. DCC. XXXVI.

AVERTISSEMENT
DU LIBRAIRE.

VOici un Ouvrage de M. G. *** fameux par la Traduction des Eglogues de Virgile & par d'autres petites Piéces qui font dans le meme Recüeil, mis au jour cette année. On peut dire que ce petit Poëme eft tout-à-fait rempli de bon fens, & que l'Auteur a parfaitement bien réüffi à peindre l'éducation d'un aimable Perroquet, les foins qu'en prenoient de faintes & dévotes Religieufes, dont la pieté n'étoit pas fi rigide, qu'elle ne prît quelque relâche. La pieté, les voyages du faint Oifeau, la perte de fon innocence, fa converfion & fa mort étoient certes des objets bien dignes de la joye & des pleurs de ces aimables Nonnes. Glofe qui voudra, il n'y a que des cœurs infenfibles, qui ne foient pas touchés à la vüë d'un objet fi charmant. Je ne fuis pas de ce nombre; auffi me fuis-je trouvé obligé de rendre juftice à l'Auteur & à l'amour de fes Héroïnes. Un de fes amis qui eft auffi des miens, m'a envoyé la Copie que je mets aujourd'hui au jour. Je profite de cette oc-
cafion,

Ces tendres fons que forma vôtre Lire,
Lorfque Sultane, * au Printems de fes jours,
Fut enlevée à vos triftes amours,
Et defcendit au ténébreux Empire:
De mon Héros les illuftres malheurs
Peuvent auffi fe promettre vos pleurs ;
Sur fa vertu par le fort traverfée,
Sur fon voyage & fes longues erreurs
On auroit pû faire une autre Odyffée ;
Et par vingt Chants endormir les lecteurs ;
On auroit pû des Fables furannées
Reffufciter les Diables & les Dieux,
Des faits d'un mois occuper des années,
Et fur des tons d'un Sublime ennuyeux,
Pfalmodier la courfe infortunée
D'un Perroquet non moins brillant qu'Enée,
Non moins dévot, plus malheureux que lui,
Mais trop de Vers emporte trop d'ennui ;
Les Mufes font des Abeilles-volages,
Leur goût voltige, il fuït les longs Ouvrages,
Et ne prenant que la fleur d'un Sujet,
Vole bien-tôt fur un nouvel Objet :
Dans vos leçons j'ai puifé ces maximes;
Puiffent vos loix fe lire dans mes Rimes !
Si trop fincére en traçant ces portraits,
J'ai dévoilé les miftéres fecrets,

L'art

* Epagneule.

L'art des Parloirs, la science des Grillos,
Les graves Riens, les miſtiques vetilles;
Vôtre enjouëment me paſſera ces traits.
Une raiſon: exempte de foibleſſes,
Sçait vous ſauver ces fades petiteſſes;
Sur vôtre eſprit, ſoûmis au ſeul devoir,
L'illuſion n'eut jamais de pouvoir,
Vous ſçavez trop qu'un front que l'Art déguiſe,
Plaît moins au Ciel qu'une aimable franchiſe;
Si la vertu ſe montroit aux Mortels,
Ce ne ſeroit ni par l'art des grimaces,
Ni ſous des traits farouches & cruels,
Mais ſous vôtre air, ou ſous celui des Graces,
Qu'Elle viendroit mériter vos Autels.

DANS maint Auteur de ſcience profonde
J'ai lû qu'on perd à trop courir le Monde;
Très-rarement mèilleur on en devient,
Preſque toûjours pire encore on revient,
Mieux vaut cent fois vivre au ſein de nos Lares,
Et conſerver, paiſibles Cazaniers,
Nôtre vertu dans nos propres Foyers,
Que parcourir Bords lointains & Barbares,
Sans quoi le cœur, victime des dangers,
Revient chargé des vices étrangers.
Sûr eſt ce Point; mais pour preuve plus ample,
Au dernier ſiécle, il en fut un exemple
Triſte, étonnant, mais trop vrai; tout Nevers,

Si

Si l'on en doute , atteftera mes vers.

A Nevers donc, chez les Vifitandines
Vivoit n'aguére un Perroquet fameux,
A qui fon art & fon cœur généreux,
Ses vertus meme , & fes graces badines
Auroient dû faire un fort moins rigoureux,
Si les beaux cœurs étoient toûjours heureux:
Vairvert (c'étoit le nom du perfonnage)
Tranfplanté-là de l'Indien Rivage,
Fut, jeune encor, ne fçachant rien de rien,
Au fufdit Cloître enfermé pour fon bien;
Il étoit beau, brillant, lefte & volage,
Aimable & franc comme on l'eft au bel âge,
Né tendre & vif, mais encore innocent,
Bref digne oifeau d'une fi fainte Cage,
Par fon caquet digne d'etre en Couvent.

Pas n'eft befoin, je penfe, de décrire,
Les foins des Sœurs, des Nonnes ; c'eft tout dire:
Et chaque Mere , aprés fon Directeur,
N'aimoit rien tant; meme dans plus d'un Cœur
(Ainfi l'écrit un Croniqueur fincére).
Souvent l'Oifeau l'emporta fur le Pere:
Il partageoit dans ce paifible lieu
Tous les Sirops dont le cher Pere en Dieu
Réconfortoit fes entrailles facrées,
Grace aux bien-faits des Nonnettes fucrées ;
Objet permis à leur oifif amour
Vairvert étoit l'Ame de ce fejour,

Ex-

Exceptez-en quelques Vieilles dolentes
Des jeunes Cœurs jaloufes Surveillantes,
Il étoit cher à toute la Maifon :
N'étant encor dans l'âge de raifon,
Libre il pouvoit & tout dire & tout faire,
Il étoit fûr de charmer & de plaire,
Des bonnes Sœurs égayant les travaux,
Il bequettoit & guimpes & bandeaux ;
Il n'étoit point d'agréable Partie,
S'il n'y venoit briller, caraçoller,
Se pavaner, fiffler, roffignoler,
Il badinoit, mais avec modeftie,
Avec cet air timide & tout prudent,
Qu'une Novice a même en badinant.
Par plufieurs voix interrogé fans ceffe,
Il répondoit à tout avec jufteffe :
Tel autrefois Céfar en même tems
Dictoit à quatre en ftiles différens.

Admis par-tout, fi l'on en croit l'Hiftoire,
L'Oifeau chéri mangeoit au Réfectoire ;
Là tout s'offroit à fes friands defirs,
Outre qu'encor pour fes menus plaifirs,
Pour occuper fon ventre infatigable
Pendant les tems qu'il paffoit hors de table,
Mille bonbons, mille exquifes douceurs
Chargeoient toûjours les poches de nos Sœurs.
Les petits foins, les Attentions fines
Sont nez, dit-on, chez les Vifitandines,

L'heu-

L'heureux Vairvert l'éprouvoit chaque jour,
Plus mitonné qu'un Perroquet de Cour;
Tout s'occupoit du beau Penfionnaire;
Ses jours couloient dans un noble loifir,
Au grand Dortoir il couchoit d'ordinaire,
Là de Cellule il avoit à choifir,
Heureufe encor, trop heureufe la Mere
Dont il daignoit, au retour de la Nuit,
Par fa prefence honorer le réduit:
Très-rarement les antiques Difcrettes
Logeoient l'Oifeau; des Novices proprettes
L'Alcolve fimple étoit plus de fon goût;
Car remarquez qu'il étoit propre en tout;
Quand chaque foir, le jeune Anachorete
Avoit fixé fa nocturne retraite,
Jufqu'au lever de l'Aftre de Venus,
Il repofoit fur la *boëte aux Agnus*:
A fon reveil de la fraîche Nonnette,
Libre Témoin, il voyoit la toilette,
Je dis toilette, & je le dis tout bas,
Oüi, quelque part j'ai lû qu'il ne faut pas
Aux fronts voilez des miroirs moins fidelles,
Qu'aux fronts ornez de clinquants & dentelles;
Ainfi qu'il eft pour le Monde & les Cours
Un art, un goût, de modes & d'atours,
Il eft auffi des modes pour le Voile,
Il eft un art de donner d'heureux tours
A l'étamine, à la plus fimple toile;

Soi-

Souvent l'Essein des folâtres Amours,
Essein qui sçait franchir Grilles & Tours,
Donne au bandeau une grace piquante,
Un air galant à la guimpe flottante,
Enfin, avant de paroître au Parloir,
On doit au moins deux coups d'œil au miroir :
Ceci soit dit entre nous, en silence,
Sans autre écart revenons au Héros,
Dans ce sejour de l'oisive indolence
Vairvert vivoit sans ennuis, sans travaux.

   Qui l'auroit dit dans ces jours pleins de charmes,
Qu'en pure perte on cultivoit ses mœurs,
Qu'un tems viendroit de crimes & d'allarmes.
Où ce Vairvert, tendre Idole des cœurs,
Ne seroit plus qu'un triste objet d'horreurs :
Arrête, Muse, & retarde les larmes
Que doit coûter l'aspect de ces malheurs ;
Fruit trop amer des égards de nos Sœurs :

   On juge bien qu'étant à telle Ecole,
Point ne manquoit du Don de la Parole
L'Oiseau disert : hormis dans les repas,
Tel qu'une Nonne il ne déparloit pas ;
Bien est-il vrai qu'il parloit comme un Livre,
Toûjours d'un ton confit en sçavoir-vivre,
Il n'étoit point de ces fiers Perroquets
Que l'art du siécle a rendu trop coquets,
Et qui sifflez par des Bouches mondaines
N'ignorent rien des vanitez humaines ;

Vair-

Vairvert étoit un Perroquet dévot,
Une belle ame innocemment guidée,
Jamais du mal il n'avoit eu l'idée,
Ne fçavoit-onc un immodefte mot,
Mais en revanche il fçavoit des Cantiques,
Des *Oremus*, des Colloques myftiques,
Il difoit bien fon *Benedicité*,
Et *nôtre Mere*, & *vôtre Charité*,
Il fçavoit même un peu du Soliloque,
Et des traits fins de Marie Alacoque.
Il avoit eu dans ce docte manoir
Tous les fecours qui mènent au fçavoir;
Il étoit-là plufieurs filles fçavantes,
Qui mot pour mot portôient dans leurs cerveaux
Tous les Noëls anciens & nouveaux;
Inftruit, formé par leurs leçons fréquentes,
Bien-tôt l'Eleve égala fes Régentes;
De leur ton même adroit imitateur,
Il exprimoit la pieufe lenteur,
Les faints foupirs, les nottes languiffantes
Du Chant des Sœurs, Colombes gémiffantes,
Finalement Vairvert fçavoit par cœur
Tout ce que fçait une Mere de Chœur.
 Trop refferré dans les bornes d'un Cloître
Un tel mérite au loin fe fit connoître
Dans tout Nevers; du matin jufqu'au foir
Il n'étoit bruit que des Scénes mignonnes
Du Perroquet des bien heureufes Nonnes.

De

De Moulins même on venoit pour le voir ;
Le beau Vairvert ne bougeoit du Parloir,
Sœur Mélanie, en guimpe toûjours fine,
Portoit l'Oiseau ; d'abord aux spectateurs
Elle en faisoit admirer les couleurs,
Les agrémens la douceur enfantine ;
Son air heureux ne manquoit point les cœurs ;
Mais la beauté du tendre Néophite
N'étoit encore que le moindre mérite,
On oublioit ses attraits enchanteurs
Dès que sa voix frappoit les Auditeurs,
Orné, rempli des saintes gentillesses
Que lui dictoient les plus jeunes Professes.
L'illustre Oiseau commençoit son recit
Toûjours avec de nouvelles finesses
Un vrai talent, un gracieux débit,
Et se montroit un prodige d'esprit :
Eloge unique, & difficile à croire,
Nul ne dormoit dans tout son Auditoire,
(Quel Orateur en pourroit dire autant ;)
On l'écoutoit, on vantoit sa mémoire,
Son goût, ses tours, son air de sentiment :
Lui cependant stilé parfaitement,
Bien convaincu du néant de la gloire,
Se rengorgeoit toûjours dévotement,
Et triomphoit toûjours modestement,
Quand il avoit débité sa science,
Serrant le bec & parlant en cadence,

Il s'inclinoit d'un air fanctifié,
Et laiffoit-là fon monde édifié;
Il n'avoit dit que des Phrafes gentilles,
Que des douceurs, excepté quelques mots
De médifance, & tels propos de filles,
Que par hazard il apprenoit aux Grilles,
Ou que nos Sœurs traittoient dans leur Enclos.
   Ainfi vivoit dans ce nid déleĉtable
En Maître, en Saint, en Sage véritable,
Pere Vairvert; cher à plus d'une Hébé,
Gras comme un Moine, & non moins vénerable,
Beau comme un cœur, fçavant comme un Abbé,
Toûjours aimé, comme toûjours aimable,
Civilifé, mufqué, pincé, rangé,
Heureux enfin s'il n'eût point voyagé !
Mais vint ce tems d'affligeante mémoire,
Ce tems critique où s'éclipfa fa gloire :
O crime ! ô honte ! ô cruel fouvenir !
Fatal voyage ! aux yeux de l'Avenir
Que ne peut-on en dérober l'Hiftoire ?
Ah qu'un grand Nom eft un Bien dangereux !
Un fort caché fut toûjours plus heureux;
Sur cet exemple on peut ici m'en croire,
Trop de talens, trop de fuccès flâteurs
Trainent fouvent la ruïne des mœurs.
  Ton nom, Vairvert, tes Proüeffes brillantes
Ne furent point bornés à ces Climats,
La Renommée annonça tes appas,

                Et

Et vint porter ta gloire jusqu'à Nantes.
Là, comme on sçait, la Visitation
A son troupeau de Révérendes Meres,
Qui, comme ailleurs, dans cette Nation
A tout sçavoir ne sont pas les dernieres,
Par-quoi bien-tôt apprenant des premieres
Ce qu'on disoit du Perroquet vanté,
Desir leur vint d'en voir la vérité ;
Desir de Fille, est un feu qui dévore,
Desir de Nonne est cent fois pire encore :
Déja les cœurs s'envoloient à Nevers,
Voilà d'abord vingt têtes à l'envers
Pour un Oiseau l'on écrit tout-à-l'heure
En Nivernais à la Supérieure,
Pour la prier que l'Oiseau plein d'attraits
Soit, pour un tems, amené par la Loire,
Et que conduit aux Rivages Nantais
Lui-même il puisse y joüir de sa gloire,
Et se prêter à de justes souhaits :
La Lettre part ; quand viendra la réponse ?
Dans douze jours : quel Siecle jusques-là :
Lettre sur Lettre, & nouvelle semonce,
On ne dort plus, Sœur Cécile en mourra.

  Or à Nevers arrive enfin l'épitre,
Grave sujet ! on tient le grand Chapitre,
Telle requête effarouche d'abord ;
„ Perdre Vairvert ! oh Ciel, plûtôt la mort !
„ Dans ces tombeaux, sous ces Tours désolées,
                                „ Que

„ Que ferons-nous ſi ce cher Oiſeau ſort ?
Ainſi parloient les plus jeunes Voilées
Dont le cœur vif, & las de ſon loiſir,
S'ouvroit encor à l'innocent plaiſir ;
L'avis pourtant des Meres Aſſiſtantes,
De ce Sénat antiques Préſidentes,
Dont le vieux cœur aimoit moins vivement,
Fut d'envoyer le Perroquet charmant
Pour quinze jours ; car ; en têtes prudentes,
Elles craignoient qu'un refus obſtiné
Ne les broüillât avec nos Sœurs de Nantes,
Ainſi jugea l'Etat embeguiné.

A cet arrêt des Miladis de l'Ordre,
La Chambre-baſſe entre en fort grand deſordre :
« Quel ſacrifice ! y peut-on conſentir ?
« Eſt-il donc vrai ? (dit la Sœur Séraphine)
« Quoi nous vivons, & Vairvert va partir ! . . . .
D'une autre part la Mere Sacriſtine
Trois fois pâlit, ſoupire quatre fois,
Pleure, fremit, ſe pâme, perd la voix ;
Tout eſt en deüil ; je ne ſçai quel préſage,
D'un noir crayon on trace ce voyage ;
Pendant la Nuit des ſonges pleins d'horreur
Du jour encor redoublent la terreur.

Trop vains regrets ! l'inſtant funeſte arrive,
Jà tout eſt prêt ſur la fatale Rive :
Il faut enfin ſe réſoudre aux adieux
Et commencer une abſence cruelle,

Jà

Jà chaque Sœur gémit en tourterelle,
Et plaint déja un veuvage ennuyeux ;
Que de baisers au sortir de ces lieux
Reçut Vairvert ! quelles tendres allarmes !
On se l'arrache, on le baigne de larmes ;
Plus il est prét de quittèr ce séjour,
Plus on lui trouve & d'esprit & de charmes ;
Enfin pourtant il a passé le Tour ,
Du Monastere avec lui fuît l'Amour.
„ Pars, va, mon fils, vole où l'Honneur t'apelle,
„ Reviens charmant , reviens toûjours fidelle,
„ Que le Zéphir te porte sur les flots ;
„ Tandis qu'ici pouffant de vains fanglots,
„ Je languirai forcément exilée,
„ Trifte, inconnuë, & jamais confolée ...
„ Pars, cher Vairvert , & dans ton heureux cours
„ Sois pris par tout pour l'aîné des Amours ;
Tel fut l'adieu d'une Nonnain poupine,
Qui pour diftraire & charmer fa langueur,
Entre deux draps, avoit à la fourdine
Très fouuent fait l'Oraifon dans Racine,
Et qui fans doute auroit de très grand cœur
Loin du Couvent fuivi l'Oifeau parleur.
Mais c'en eft fait, on embarque le Drôle
Jufqu'à préfent vertueux, ingénu,
Jufqu'à préfent modefte en fa parole ;
Puiffe fon cœur conftamment défendu
Au gîte un jour rapporter fa vertu !

Quoi-

Quoiqu'il en foit , déja la rame vole ,
Du bruit des eaux les airs ont retenti ,
Un bon vent fouffle , on part , on eft parti.

    La même Nef légere & vagabonde
Qui voituroit le faint Oifeau fur l'Onde ,
Portoit auffi deux Nymphes , trois Dragons ,
Une Nourrice , un Frappart , deux Gafcons ;
Pour un Enfant qui fort du Monaftere
C'étoit écheoir en dignes Compagnons ;
Auffi Vairvert ignorant leurs façons
Se trouva-là comme en terre etrangére ,
Nouvelle Langue & nouvelles leçons ;
L'Oifeau furpris n'entendoit point leur ftile ,
Ce n'étoient plus paroles d'Evangile ,
Ni Lieux Communs du *Pré Spirituel* ,
Château de l'Ame , ou chants du Rituel ,
Ni traits de Bible & d'Oraifons mentales ;
Tels qu'il oyoit chez nos douces Veftales ,
Ce n'étoient plus de pieux entretiens ,
Mais de gros mots & non des plus Chrêtiens ,
Car les Dragons , Race affez peu devote ,
Ne parloient-là que langue de gargotte ,
Trinquant fans ceffe *à tire-la-rigot.*
Ils n'entonnoient que des Hymnes d'Argot ,
Puis les Gafcons & les trois Péronnelles
Y concertoient fur des tons de Ruelles ,
De leur côté les Batteliers juroient ,
Rimoient en Dieu , blafphemoient & facroient ,

Leur

Leur voix ſtilée aux tons mâles & fermes,
Articuloit ſans rien perdre des termes,
Dans ce fracas, confus, embarraſſé,
Vairvert gardoit un ſilence forcé,
Triſte & muet il n'oſoit ſe produire,
Et ne ſçavoit que penſer ni que dire;
   Pendant la route, on voulut par faveur
Faire jaſer le Perroquet reveur,
Frere Lubin, d'un ton peu monaſtique
Interrogeant le beau Mélancolique,
L'Oiſeau benin prend ſon air de douceur,
Et vous pouſſant un ſoupir méthodique,
D'un ton pédant, répond, *Ave, ma Sœur :*
A cet *Ave*, jugez ſi l'on dût rire,
Tous en *Chorus* bernent le pauvre Sire,
Ainſi berné, le Novice interdit
Comprit en ſoi qu'il n'avoit pas bien dit,
Et qu'il ſeroit mal mené des Comméres
S'il ne parloit la langue des Confréres.
Son cœur né fier, & qui juſqu'à ce tems
Avoit été nourri d'un doux encens,
Ne put garder ſa modeſte conſtance
Dans cet aſſaut de mépris flétriſſans :
A cet inſtant, en perdant patience
Vairvert pérdit ſa premiere innocence
Dès lors ingrat, en ſoi-meme il maudit
Les cheres Sœurs ſes premieres maîtreſſes,
Qui n'avoient point ſçû mettre en ſon eſprit

Du

Du beau François les brillantes fineſſes,
Les ſons nerveux, & les délicateſſes;
A les apprendre il met donc tous ſes ſoins,
Parlant très peu, mais n'en penſant pas moins.
D'abord l'Oiſeau, comme il n'étoit pas bête,
Pour faire place à de nouveaux diſcours,
Vit qu'il devoit oublier pour toûjours
Tous les *Gaudés* qui farciſſoient ſa tête,
Ils furent tous oubliez en deux jours;
Tant il trouva la langue à la Dragonne,
Plus du bel air que les termes de Nonne.
En moins de rien l'éloquent Animal,
Helas ! Jeuneſſe apprend trop bien le mal!)
L'Animal, dis-je, éloquent & docile
En moins de rien fut rudement habile;
Bien vîte il ſçut maugréer, renier,
Mieux qu'un vieux Diable au fond d'un benitier,
Il démentit les célébres maximes
Où nous liſons qu'on ne vient aux grands crimes
Que par dégrez; il fut un ſcélérat
Profès d'abord & ſans Noviciat.
Trop bien ſçut-il aux dépens de ſa gloire,
Tout l'alphabet des Batteliers de Loire,
Dès qu'un d'iceux dans quelque *Vervigo*
Lâchoit un *Mor*. Vairvert faiſoit l'Echo.
Lors applaudi par la Bande ſuſdite,
Fier & content de ſon petit mérite,
Il n'aima plus que le honteux honneur

De

De fçavoir plaire au Monde fuborneur,
Et dégradant fon généreux organe
Il ne fut plus qu'un Orateur profane:
Faut-il qu'ainfi l'Exemple féducteur
Du Ciel au Diable emporte un jeune cœur!
  Pendant ces jours, durant ces triftes Scénes
Que faifiez-vous dans vos Cloîtres deferts,
Chaftes Iris du Couvent de Nevers?
Sans doute, helas, vous faifiez des neuvaines
Pour le retour du plus grand des ingrats,
Pour un volage indigne de vos peines,
Et qui foumis à de nouvelles chaînes
De nos amours ne faifoit plus de cas;
Sans doute alors l'accès du Monaftere
Etoit d'ennuis triftement obfédé,
La Grille étoit muette & folitaire;
Et le filence étoit prefque gardé;
Ceffez vos vœux, Vairvert n'en eft plus digne,
Vairvert n'eft plus cet Oifeau révérend,
Ce Perroquet d'une humeur fi bénigne,
Ce cœur, cet efprit fi fervent,
Vous le dirai-je? il n'eft plus qu'un brigand,
Lâche Apoftat, Blafphémateur infigne,
Les Vents légers & les Nymphes des Eaux
Ont moiffonné les fruits de vos travaux;
Ne vantez plus fa fcience infinie,
Sans la vertu que vaut un grand Génie?
N'y penfez plus, l'ingrat a fans pudeur

B   Pro-

Proſtitué ſes talens & ſon cœur,
  Déjà pourtant on approche de Nantes
Où languiſſoient nos Sœurs impatientes ;
Pour leurs deſirs, trop tard Phébus naiſſoit,
Des Cieux trop tard Phébus diſparaiſſoit :
Dans ces ennuis, l'eſpérance flâteuſe
A nous tromper toûjours ingénieuſe,
Leur promettoit un Eſprit cultivé,
Un Perroquet noblement élevé,
Une voix tendre, honnete, édifiante,
Des ſentimens, un mérite achevé,
Mais ô Douleur ! ô vaine & fauſſe attente.

  La Nef arrive & l'Equipage en ſort,
Une Tourriere étoit aſſiſe au Port,
Dés le départ de la premiere Lettre,
Là chaque jour Elle venoit ſe mettre,
Ses yeux errans ſur le Lointain des flots
Sembloient hâter le Vaiſſeau du Héros ;
En débarquant auprés de la Beguine
L'Oiſeau madré la connut à la mine,
A ſon œil prude ouvert en tapinois,
A ſa grand' Coëffe, à ſa fine étamine,
A ſes gands blancs, à ſa doucette voix,
Et mieux encor à ſa petite Croix.

  Il en frémit, & meme il eſt croyable
Que dans ſon ame il la donnoit au Diable ;
Trop mieux aimant ſuivre quelque Dragon
Dont il ſçavoit le Bachique jargon,

Qu'al-

Qu'aller apprendre encor les Litanies,
La révérence & les Cérémonies.
Mais force fut au Grivois dépité
D'être conduit au gîte détesté;
Malgré ses cris la Fourriere l'emporte,
Il la mordoit, dit-on, de bonne sorte
Chemin faisant, les uns disent au coû,
D'autres au bras, on ne sçait pas bien où;
D'ailleurs n'importe; à la fin, non sans peine
Dans le Couvent la Béate l'améne,
Elle l'annonce avec grande rumeur;
Le bruit en court : aux premiéres nouvelles
La Cloche sonne; on étoit lors au Chœur,
On quitte tout, on court, on a des aîles,
« C'est lui, ma Sœur, il est au grand Parloir;
On vole en foule; on grille de le voir;
Les Vieilles même, au marcher simétrique,
Des ans tardifs ont oublié le poids,
Tout rajeunit, & la Mére Angélique
Courut alors pour la premiere fois.
　　On voit enfin, on ne peut se repaître
Assez les yeux des beautez de l'Oiseau,
C'étoit raison; car le fripon pour être
Moins bon Garçon, n'en étoit pas moins beau;
Cet œil guerrier, & cet air Petit-Maître
Lui prêtoit même un agrément nouveau.
Faut-il! grand Dieu! que sur le front d'un traître
Brillent ainsi les plus plus tendres attraits!

Que ne peut-on diftinguer & connoître
Les Cœurs pervers, à de difformes traits?
Pour admirer les charmes qu'il raffemble,
Toutes les Sœurs parlent toutes enfemble,
En entendant cet Effein bourdonner;
On eût à peine entendu Dieu tonner,
Lui cependant parmi tout ce vacarme,
Sans daigner dire un mot de pieté,
Rouloit les yeux d'un air de jeune Carme,
Premier Grief, cet air trop effronté
Fut un fcandale à la Communauté;
En fécond lieu quand la Mere Prieure
D'un air augufte, en Fille intérieure,
Voulut parler à l'Oifeau libertin,
Pour premiers mots & pour toute réponfe,
Sans bien penfer aux horreurs qu'il prononce,
Mon Gars répond d'un ton fec & chagrin,
" *Par la Cor-bleu* que les Nonnes font folles !
(L'Hiftoire dit qu'il avoit en chemin
D'un de la troupe entendu ces paroles)
A ce début la Sœur Saint-Auguftin
D'un air fucré voulant le faire taire,
" Et lui difant, fi donc mon trés cher frere....

Le

Le trés cher frere indocile & mutin
Vous la rima très-richement en *tain*;
„ Ciel! qu'en sçait-il? il eſt ſorcier, ma Mere,
„ Reprend la Sœur, juſte Dieu, quel Coquin!
„ Quoi, c'eſt donc-là ce Perroquet divin?
Ici Vairvert, en vrai gibier de *Gréve*
L'apoſtropha d'un *la Peſte te crève*;
Chacune vint pour brider le caquet
Du Grenadier, chacune eut ſon Paquet;
Turlupinant les jeunes Précieuſes
Il imitoit leur couroux babillard,
Plus déchaîné ſur les vieilles Grondeuſes:
Il bafoüoit leur ſermon nazillard:
Ce fut bien pis, quand d'un front de Corſaire.
Bouffi de rage, écumant de colére,
Il entonna tous les horribles mots
Qu'il avoit ſçû rapporter des Batteaux;
Jurant, ſacrant d'une voix diſſoluë,
Faiſant paſſer tout l'enfer en revûë,
Les *B* les *F* voltigeoient ſur ſon Bec,
Les jeunes Sœurs crûrent qu'il parloit Grec,
Mor..! Ventre...Sac...Mille Pipes de Diables.,
Toute la Grille à ces mots effroyables

Trem-

Tremble d'horreur, les Nonnettes fans voix

Font, en fuyant, mille fignes de Croix,

Et penfent voir le grand Diable en perfonne,

„ Pere Eternel, dit la Mere Simonne,

„ Mifericorde! ah qui nous a donné

„ Cet Antechrift, ce Démon incarné!

„ Mon doux Sauveur! en quelle confcience

„ Peut-il ainfi jurer comme un Damné?

„ Eft-ce donc là l'efprit & la fcience

„ De ce Vairvert fi cher & fi prôné?

„ Sans plus tarder qu'on le remette en route.

„ Vive Jefus! reprend *la Sœur Ecoute*,

„ Quelles horreurs! chez nos Sœurs de Nevers

„ Quoi Parle-t'on ce langage pervers?

„ Quoi c'eft ainfi qu'on forme la jeuneffe?

„ Quel Hérétique! ô divine Sageffe!

„ Qu'il n'entre point, avec ce Lucifer

„ En garnifon nous aurions tout l'Enfer.

Conclufion, Vairvert eft mis en cage,

On fe réfout, fans douter davantage,

A renvoyer le Parleur fcandaleux,

Le Pélerin ne demandoit pas mieux:

Il eft profcrit, déclaré déteftable,

Traître, imposteur, atteint & convaincu

D'avoir tenté d'entamer la vertu

Des Saintes Sœurs : Toutes, de l'éxécrable

Signent l'arrêt, & pleurent le coupable?

Car quel malheur qu'il fût si dépravé,

N'étant encor qu'à la fleur de son âge,

Et qu'il portât sous un si beau plumage

La fiere humeur d'un Escroc achevé,

L'air d'un Payen, le cœur d'un Réprouvé.

 Il part enfin porté par la Tourriere,

Mais sans la mordre en retournant au Port,

Une Cabanne * emporte le Compére,

-Et sans regrets il fuït ce triste Bord.

 De ses malheurs telle fût l'Iliade ;

Quel desespoir, lors qu'enfin de retour

Il vint donner pareille sérénade ;

Pareil scandale en son premier séjour.

Il faut tout dire; il devint enfin sage;

On le devient quand on se sent sur l'âge;

Aussi Vairvert, se sentant déja vieux,

Se reconnut, fit pénitence austére;

     B 4   Gar-

* *Nom des Batteaux couverts de la Loire.*

Garda souvent un silence sévere

Avant d'aller rejoindre ses Ayeux :

Des Batteliers oubliant l'Idiome

Il rappella ses Premieres Leçons,

Il dépoüilla tout à fait le vieil homme,

Il oublia le Moine & les Dragons,

Et vers le Bien ramenant ses pensées,

Réctifiant ses erreurs infensées,

Par le grand bruit de sa converfion ;

Il sçut rentrer dans ses splendeurs paffées,

Et recouvrer sa réputation.

Deux ans aprés, la Vifitation

Un jour auquel se faifoient deux vêtures,

Le vit mourir d'une indigeftion

Qu'on lui caufa par trop de confitures ;

Au Réfectoire expira le Docteur,

Ainfi Vairvert mourut au lit d'honneur ;

On admiroit ses paroles dernieres

Lorfqu'Atropos, lui fermant les paupieres,

Dans l'Elizée & les facrez Bofquets

Le méne au rang des Héros Perroquets,

Prés de celui dont l'Amant de Corinne

A pleuré l'Ombre & chanté la Doctrine.

Dieu

Dieu tout seul sçait combien l'Illustre Mort

Obtint de pleurs en terminant son sort ;

Pour le garder à la Race future,

Son portrait fut tiré d'après nature,

Plus d'une main, conduite par l'Amour,

Sçut lui donner une seconde vie

Par les couleurs ou par la broderie,

Et la Douleur, travaillant à son tour,

Peignit, broda des larmes à l'entour,

On lui rendit tous les Honneurs funébres

Que l'Helicon rend aux Oiseaux célébres ;

Au Pié d'un Mirthe on plaça le Tombeau

Qui couvre encor le Mauzole nouveau,

Là par la main des tendres Artemizes

En lettres d'or ces Rimes furent mises

Sur un Porphire environné de fleurs ;

En les lisant, on sent naître ses pleurs :

Novices, qui venez jazer dans ces Bocages

A l'insçû de nos graves Sœurs,

Un instant , s'il se peut , suspendez vos ramages,

Apprenez nos malheurs :

B 5   *Vous*

Vous vous taisez ; si c'est pour vous contraindre,
  Parlez ; mais parlez pour nous plaindre ;
Un mot vous instruira de nos tendres douleurs ;
  Ci gît Vairvert, ci gissent tous les cœurs.

On dit pourtant (pour terminer ma glose
En peu de mots) que l'Ombre de l'Oiseau
Ne loge plus dans le susdit tombeau,
Que son esprit dans les Nonnes repose,
Et qu'en tout tems, par la Métempsycose,
De Sœurs en Sœurs l'immortel Perroquet
Transportera son ame & son Caquet.

LA CRITIQUE

DE

VAIRVERT

COMEDIE

En un Acte.

AVIS DU LIBRAIRE.

CHER Lecteur après vous avoir pro-
curé la lecture de Vairvert, ou du
Voyage du Perroquet des Dames de la Vifitation de Nevers ; je crois me faire un mérite auprès de vous, en vous procurant celle de la Critique, que l'on m'a chargé d'im-
primer, quoi qu'elle n'ait pas par devers elle les beautez de la Poëfie. Cependant je
me flâte, mon cher Lecteur, que vous vou-
drez bien y donner un moment de vôtre
attention.

Au refte ne cherchez pas qui l'a faite, il
n'eft pas aifé de le découvrir : il n'eft ni Re-
ligieux, ni Abbé, ni Chanoine, ni Laïque,
ni Homme d'Epée, ni Homme de Robe ;
il fait fa réfidence dans une Ville proche de
Roüen : célébre par fon Academie & par
quelques beaux Edifices. Son nom y eft
des mieux établis & quoique jeune encore,
il y a déja donné des marques de fa capaci-
té & de fes lumieres, par plufieurs petits
Ouvrages volans qu'il a donnez au Public,
& qui ont été vûs & bien reçûs. Mon cher
Lecteur, quoique je me faffe un devoir de
rechercher les moïens de vous faire plaifir :
cependant vous me permettrez de vous en
taire le nom, fi je faifois autrement, je
craindrois de m'expofer à la colere de fa famille. Famille affez connuë en France par
fon mérite, fa probité & fes alliances. Je
fi-

finis, mon cher Lecteur, de peur que le zélé que j'ai à vous procurer de nouveaux plaisirs, ne me fît dire, sans y songer, quelque parole qui pût vous le désigner ; je crains même de vous en avoir déja trop dit.

Il m'a parlé d'une Comédie à laquelle il travaille : Ouvrage de longue haleine, & dont la matiere est difficile à traiter, elle conviendra fort au temps present ; d'abord qu'il me l'aura donnée, je me ferai un plaisir, mon cher Lecteur, de vous en faire part.

❀❀❀❀❀❀❀❀❀❀❀❀❀❀❀❀❀❀

PERSONNAGES.

La Mere SUPERIEURE,
La Mere S. IGNACE, *Coadjutrice.*
La Mere S. AUGUSTIN, *Mere des Novices.*
La Mere ANGELIQUE, *Confituriere.*
La Mere ECOUTE.
Deux jeunes NOVICES.
Une TOURIERE *du dedans.*

La Scéne est à Nevers chez les Dames de la Visitation.

LA

LA CRITIQUE

DE

VAIRVERT

COMEDIE.

SCENE PREMIERE.

Ici on sonne la Cloche de la Récréation.

DEUX JEUNES NOVICES

La premiere Novice.

JE mourois d'envie, ma Sœur, d'entendre sonner la Cloche de la Récréation, pour m'aboucher avec vous, & vous demander vôtre sentiment.

La seconde Novice.

Ma Sœur il n'y a rien que je ne fasse pour votre service ; dequoi s'agit-il, s'il vous plait.

La

La premiere Novice.

Vraiment ma Sœur, je ne ſçais trop ſi je dois vous le dire, je crains de ne vous pas faire plaiſir.

La ſeconde Novice.

Dites, dites, ma Sœur, ne craignez rien.

La premiere Novice.

Eh bien ma Sœur, c'eſt pour vous demander ce que vous penſez d'un livre qui paroit...

La ſeconde Novice.

Quoi Vairvert?

La premiere Novice.

Juſtement.

La ſeconde Novice.

Mon Dieu, vous me faites un vrai plaiſir d'en faire le ſujet de notre converſation.

La premiere Novice.

Eh bien qu'en penſez-vous.

La ſeconde Novice.

En regardant s'il n'y a perſonne.

Entre nous deux il eſt fort joli, il nous repaſſe un peu;

peu ; mais enfin que voulez-vous ? Pourquoi auffi
toutes les grimaces que l'on nous fait faire ici ? Celui
qui l'a fait n'a pas été bien inftruit, car il n'en a pas
fait voir la centiéme partie ; mais vous, ma fœur,
qu'en dites vous ?

La premiere Novice.

Je fuis de vôtre fentiment. L'Auteur a fçû parfaitement dévoiler les mifteres fecrets.

» *L'Art des Parloirs, la Science des Grilles,*
» *Les graves Riens, les miftiques Vetilles.*

Et je dirai comme vous, que s'il eft parfaitement
inftruit de mille petiteffes que l'on fait ici, je le
trouve très-retenu de n'avoir dit que ce qu'il a dit.

La feconde Novice.

Je fuis ravie, ma fœur, de me rencontrer avec
vous, car je craignois d'être la feule de mon fentiment ; mais ne vous fouvenez-vous point de quelques petits traits ? Par exemple, cet endroit où il
dit......

» *Bref digne Oifeau d'une fi fainte Cage,*
» *Par fon caquét digne d'être en Couvent.*

Et puis celui où il montre l'attachement de nos
Meres pour leurs Directeurs. Que dites-vous de ces
petits traits là ?

La premiere Novice.

Ils me paroiffent faits d'après nature, j'en fuis enchantée. En effet, le P. G. a-t'il feulement un peu

C

plus

plus touffé qu'à l'ordinaire, auffi-tôt on charge la Tourjere, de mille Sirops dont on fait provifion, en grande partie pour lui : mais que dites-vous du petit trait de la Toilette?

La feconde Novice.

Ce que j'en dis.... mais.. je ne fçai...

La premiere Novice.

Il me paroît que celui-là ne vous fait pas tant de plaifir.

La feconde Novice.

Si fait, il eft fort joli, mais il n'eft pas à comparer aux autres.

La premiere Novice.

Eh ! qu'y trouvez-vous donc à redire.

La feconde Novice.

Il ne me plaît pas tant que les autres.

La premiere Novice.

Cependant je n'y vois rien qui...

La feconde Novice.

Les goûts font différents.

La premiere Novice.

Pour moi je le trouve fort joli.

La seconde Novice.

Et moi le plus mauvais endroit de toute la Piece.

La premiere Novice.

Eh pourquoi donc.

La seconde Novice.

Comment ! vous ne le voyez point ? cela saute pourtant aux yeux.

La premiere Novice.

Mais, ma Sœur, à vous entendre parler, il sembleroit que vous y prendriez intérêt.

La seconde Novice.

En effet, ma Sœur, y a-t'il rien de plus impertinent, que de trouver à redire qu'on se mette proprement ? Parce que nous sommes Religieuses, devons-nous pourir dans la crasse ? Ma Sœur, en renonçant au monde, je n'ai pas prétendu renoncer à tout le monde. Est-ce que la propreté, d'ailleurs, que l'Auteur vante en nous comme un mérite, s'accorde avec ce trait ? Pour moi, ma Sœur, je suis surprise que vous qui n'aimez pas moins que les autres à vous parer de certain air de propreté, trouviez cela beau ?

La premiere Novice.

Mais il me paroît, ma Sœur, que vuos prenez à gauche le sens de l'Auteur, je ne crois pas que son but ait été de nous faire un crime de la propreté,

com-

comme propreté, mais seulement de railler la vaine
complaisance que nos meres ont dans leur habille-
ment, ce qui leur est ridicule; mais brisons là-des-
sus, ma Sœur, il me paroît que la conversation commence à languir.

La seconde Novice.

Vous, ma Sœur continuez, j'ai dequoi vous ré-
pondre, &...

La premiere Novice.

Ma Sœur, je serois fachée de vous faire la moindre peine, & nous avons bien d'autres endroits à cri-
tiquer & à aprouver dans cet Ouvrage, sans nous
tenir si long-tems sur un, qui, à ce que je vois, ne
vous fait pas de plaisir.

La seconde Novice.

Je suis infiniment reconnoissante des attentions
que vous avez pour moi, & il me seroit mal-séant,
de vouloir tenir davantage sur un pareil discours. Je
découvre assez quels sont vos sentimens pour me faire changer de langage... Eh bien, que dites-vous
de ces deux vers?

,, *Désir de Fille est un feu qui devore,*
,, *Désir de Nonne est cent fois pis encore.*

La premiere Novice.

Le second est très-joli, mais pour le premier
l'Auteur auroit pû se dispenser de le faire.

La

La feconde Novice.

Moi je fuis pour tous les deux.

La premiere Novice.

Eh, fi donc, ma Sœur, fongez à ce que vous êtes, quoi !

La feconde Novice.

Parce que je fuis fille, dois je trouver cela mal?

La premiere Novice.

Eh vraiment, fans doute.

La feconde Novice.

Point du tout, ma Sœur... Au refte je fuis éton- née de vous entendre, vous qui trouviez l'Auteur très-retenu. Pour moi, je fuis comme vous ; j'aime les véritez, & comme cela en eft une, vous me permettrez de ne la point condamner.

La premiere Novice.

On a raifon de dire que chacun a fon fentiment, mais je ne crois pas que vous compreniez la malice de ces deux vers, & fur-tout du premier.

La feconde Novice.

Eh mon Dieu, ma Sœur, c'eft un vieil mal chez nous, & l'Auteur de Vairvert n'a pas été le premier à nous le reprocher.

La premiere Novice.

Enfin ma Sœur, vous me permettrez de ne point l'aprouver.

La seconde Novice.

Je ne sçai pas qu'est-ce qui peut vous y engager ; tenez : Je n'étois point pour le trait de la Toilette, Vous, vous n'êtes point pour celui-ci ; nous voilà quitte ma Sœur.

La premiere Novice.

Vous êtes maline, ma Sœur, ch..... j'entends quelqu'un.

La seconde Novice.

Ce sont aparemment nos Meres. Elles sont longtemps aujourd'hui à se rendre à la Salle de récréation ; je ne sçai pas qui peut les empecher.

La premiere Novice.

Je ne sçai pas non plus. Elles lisent peut-être Vairvert.

La seconde Novice.

Nos Milaidis feront bien courroucées, qu'en pensez-vous ?

La premiere Novice.

Si ! elles jetteront feu & flame , j'en suis sûre.
Notre

Nôtre mere Ignace, nôtre mere saint Augustin, nôtre mere Ecoute, & nôtre mere Superieure... Oh, Mon Dieu. Il ne faut pas meme qu'elles sçachent nôtre conversation, car... Voilà la Mere saint Augustin.

SCENE SECONDE.

LA MERE SAINT AUGUSTIN.

(toute épleurée.)

LES DEUX NOVICES.

La premiere Novice.

VRaiment, ma Mere, nous étions ma Sœur & moi dans l'inquiétude, nous ne sçavions à quoi attribuer ce long retardement à vous rendre à la Salle des Récréations, vous & toutes nos meres.

La mere saint Augustin.

Helas, ma Sœur, si vous sçaviez... ah..!

La premiere Novice.

Qu'y a-t'il donc, ma Mere. } *Ensemble.*

La seconde Novice.

Qu'est-il donc arrivé.

C 4   La

La mere saint Augustin.

Vengeance, mes Sœurs ; vengeance ; on nous deshonore.

La premiere Novice.

Qu'est-ce donc, ma Mere ? Faites nous part, s'il vous plait, du sujet de vôtre affliction.

La seconde Novice *à part.*

Il y a là dedans du Perroquet.

La mere saint Augustin.

Non ! plus j'y pense , plus je me sens le cœur pénétré...il court un Livre ma Sœur.. ah un Livre... l'abomination de la désolation ... un livre, ma Sœur, qui , je ne sçaurois parler.

La premiere Novice.

Qui ; Vairvert ?

La mere saint Augustin.

Justement , c'est cet exécrable Livre qui cause toute mon affliction ; l'avez-vous lû ma Sœur ?

La premiere Novice.

Il est, à ce qu'on dit, plein d'impertinences.

La mere saint Augustin.

Et vous, ma Sœur, ne l'avez-vous pas lû ?

La

La seconde Novice.

Ma mere, sur ce que l'on m'en a raporté, une servante Novice ne peut pas le lire, en conscience. *à part*, Je l'ai cependant lû.

La mere saint Augustin.

Vous avez raison ma Sœur, vous ne le devez pas faire, sans l'avis de vos Superieures.. Mais je vous le permets, tenez le voilà.

La seconde Novice.

Je ne manquerai pas, ma Mere, de le lire.

La mere saint Augustin.

En verité, ce Livre est affreusement composé.

La premiere Novice

Bon ma Mere, il faut mépriser tout cela; d'ailleurs, qui le croira?

La mere saint Augustin.

Mon Dieu, le monde est si corrompu & porté à croire le mal, que...

C 5   SCE.

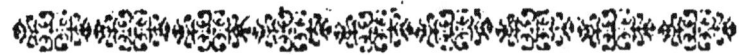

SCENE TROISIE'ME.

LA MERE SUPERIEURE, LA MERE SAINT AUGUSTIN, LES DEUX NOVICES.

La mere Supérieure

allongeant les mots.

QU'avez-vous donc que je vous vois toutes ſi affligées ?

La mere ſaint Auguſtin.

Nous parlions, nôtre Mere, de ce Livre qui nous fait tant d'honneur.

La mere Supérieure.

Ah ! mon Dieu quelle affreuſe choſe, j'en ſuis dans un chagrin mortel ; ne connoiſſez-vous point le nom de l'Auteur ?

La Sœur ſaint Auguſtin.

Mon Oncle le Commandeur me vint hier voir, qui m'a promis de m'en inſtruire.

La mere Supérieure.

Toute la Communauté lui aura une obligation infinie. Il eſt malheureux pour nous, que mon

frere

frere le Comte & mon Coufin le Baron, ne foient pas en ce Pays ci : ils nous auroient bien vîte éclairci ce miftere ; mais que faites - vous là, ma Sœur ?

La feconde Novice

lifant ce Livre.

C'eft le Livre que nôtre Mere faint Auguftin m'a donné à lire.

La mere Superieure.

Lifez, ma Sœur, lifez, mais avec modeftie.

La feconde Novice.

Nôtre Mere, je le regarderai toûjours du bon côté.

La mere Superieure.

Je ferois ravie que nos meres fuffent ici pour qu'elles me difent ce qu'elles en penfent. Nous pourions en tenir Confeil.

La feconde Novice *à part.*

Prends garde à toi, miferable !

La mere Superieure.

Nous verrons les moyens de pouvoir rétablir nôtre réputation.

La

La mere saint Auguſtin.

Vous avez raiſon nôtre mere. Nous verrions ce qui ſeroit de plus piquant pour nous, & enſuite nous chercherions les moyens de nous venger.

La ſeconde Novice *à part.*

Gare l'interrogatoire.

La mere Superieure

à la premiere Novice.

Allez, je vous prie, ma Sœur, avertir nos-me-res du Conſeil, que je les attends ici.

La premiere Novice.

J'y cours, nôtre mere.

La ſeconde Novice *à part.*

N'oubliez pas la ſellette.

SCENE QUATRIE'ME.

LA MERE SUPERIEURE, LA MERE S. AUGUSTIN, LA SECONDE NOVICE.

La Mere Superieure.

IL faut avouer que l'homme eſt un animal bien malin. Ou l'Auteur de ce libelle a-t'il été in-venter tout ce qu'il a dit contre nous?

La

La mere faint Auguftin.

Je ne fçai pas, nôtre Mere, qui a pû lui mettre cela dans la tête. Il faut que cet homme-là foit ou fou, ou impie.

La mere Superieure.

La bonne Juftice devroit y mettre ordre.

La mere faint Auguftin.

Eft-elle obfervée, notre Mere? Eh mon Dieu tout eft renverfé à prefent.

La mere Superieure.

Il eft vrai que depuis quelque temps, tout le monde veut fe meler de la rendre, & l'un détruit ce que fait l'autre.

La mere faint Auguftin.

Tenez, ma Mere, plus il y a de têtes dans un Confeil, & plus tout eft renverfé. D'ailleurs à préfent plus qu'en tout autre tems, l'argent fait le bon droit , & le malheureux pauvre, eût-il la plus grande raifon du monde, il perdra toûjours, s'il plaide contre un homme qui foit en état de graiffer la pate à Meffieurs les Juges.

La mere Superieure.

Mais cependant, ma Sœur, on devroit y faire attention, car tout autre que nous peut être noirci de la meme calomnie. Eh.. mais j'entends nos Meres.

SCE-

SCENE CINQUIE'ME.

LA MERE SUPERIEURE, LA MERE S. IGNACE, LA MERE S. AUGUSTIN, LA MERE ANGELIQUE, LES DEUX NOVICES.

La mere Superieure.

MEs Sœurs, je viens de vous envoyer chercher pour vous prier de me donner vôtre conseil sur une chose qui est pour nous de la derniere importance. Il paroit ici un Livre qui déchire nôtre réputation, vous y...

La premiere Novice à la seconde.

Voilà les chambres assemblées, allons-nous en ma Sœur.

La mere Superieure.

Où allez-vous donc toutes les deux?

La seconde Novice.

Ma mere, n'étant pas capables de peser au poids de nôtre charité les secrets mistéres du Conseil, nous prenons la peine de nous retirer.

La

La mere Superieure.

Reftez, reftez, je vous le permets... Il paroît donc ici un Livre affreux. Voyons les moyens de détromper le monde des erreurs qui y font gliffées. Vous y êtes toutes auffi intêreffées que moi, ainfi voyez par quels moyens nous pourons y réüffir.

Parlez Sœur Ignace.

La mere S. Ignace.

Puifque vôtre Révérence me commande de dire mon fentiment, je vais le dire; nos Meres & Sœurs voudront bien me le permettre. Nôtre Révérende Mere, dans le moment qu'on eft venu m'avertir de venir vous parler, nous étions dans nôtre Cellule; nôtre Sœur Angélique & moi, occupées à la lecture du livre dont eft queftion. Puifqu'il m'eft permis de dire mon fentiment, je dirai que ce livre eft rempli de fottifes, bleffe notre réputation & nous déchire entierement. Il eft indigne, notre Révérende Mere, que des perfonnes comme nous, retirées du monde, foient malgré cela expofées aux langues médifantes, & je crois que fans bleffer notre charité, je puis dire que ce livre mérite d'être jetté au feu, je ne prétends pas, nos cheres Sœurs, que notre fentiment doive prévaloir; mais j'ajoûte qu'il faut abfolument prefenter nôtre Requête aux Juges pour nous venger d'une tache fi noire qu'on fait à notre réputation. J'ai dit.

La mere Superieure.

Parlez, Sœur faint Auguftin.

La

La mere faint Auguftin.

Par votre ordre notre, Révérende Mere, je dirai mon fentiment : je fuis prefque de l'avis de nôtre Sœur faint Ignace, qui a penfé très-jufte : mais puifqu'il m'eft permis de m'expliquer, je dirai qu'il faut non feulement jetter le dit livre au feu : mais qu'il faut auffi implorer la Juftice de nôtre Roi, réfervé à la prudence de fa Majefté d'imputer à l'Auteur telle punition qu'il jugera à propos. J'ai dit.

La mere Superieure.

Parlez, Sœur Angelique.

La mere Angelique.

Puifque nôtre Reverende Mere veut abfolument que je dife mon fentiment, je vais obéir à fes ordres. Nôtre Sœur faint Ignace & faint Auguftin fe font toutes les deux rencontrées dans leur fentiment, ce qui me fait appréhender d'ouvrir le mien, quoiqu'il fe raporte auffi au leur, mais pas entierement. Elles ont toutes des deux fait paroître un attache- ment très loüable pour la Communauté, qui fauf meilleur avis, leur a fait un peu précipiter les chofes. Pour moi je crois plus à propos & moins contre nôtre charité, de faire ici une revûe des traits les plus piquants pour nous, afin de fervir de matiere à nôtre Requête: pour le refte je fuis entierement de l'avis de nos fœurs faint Ignace & faint Auguftin. J'ai dit.

La mere Superieure.

Nôtre fœur Angelique me paroît avoir très-bien penfé,

penſé, ainſi ſi quelqu'un ſçait quelques uns de ces
traits nous les prions d'en faire un recit à nôtre
côliſeil, pour qu'il puiſſe enſuite plus mûrement
déliberer. Nôtre ſœur Novice a le Livre, qu'elle
le parcoure & ſi elle en rençontre elle nous en
fera part.

La ſeconde Novice.

A part.

Je n'ai pas beſoin du Livre, je les ſçais tout
par cœur.

La mere Ignace.

En parlant du Perroquet, il dit.

,, *Chaque mere après ſon Directeur,*
,, *N'aimoit rien tant : même dans plus d'un cœur*
,, *Souvent l'Oiſeau l'emporta ſur le Pere.*

La ſeconde Novice.

Eh, ſi donc, notre Mere, quelle eſt la cervelle
aſſez lourde pour s'imaginer qu'un animal, tel
qu'un Perroquet, puiſſe l'emporter ſur l'amitié
& le reſpect qu'on doit avoir pour le raiſonnable ;
je veux dire un Directeur.

La mere Superieure.

Un Oiſeau l'emporter ſur le Pere, je crois, ma
ſœur, que le monde nous rendra juſtice ſur une
choſe où il n'y a nulle vraye - ſemblance, ainſi
paſſons à un autre.

D   La

La Mere Saint Auguftin.

Pour moi je fuis entiérement courouceé des quatre Vers qui fuivent :

,, *Il partageoit dans ce paifible lieu,*
,, *Tous les Sirops, dont le cher Pere en Dieu*
,, *Se confortoit les entrailles facrées,*
,, *Grace aux bien-faits des Nonnettes fucrées.*

La Mere Superieure.

Quelle médifance, nôtre fœur, ou a-t'il été chercher cela?

La mere Ignace.

Il fembleroit que nous leur donnerions tous nos firops, cela crie vengeance.

La feconde Novice *à part.*

On s'offence toûjours des veritez.

La Mere faint Auguftin.

Pour moi, notre mere, je trouve que ce trait là nous pique jufques au vif, & que nous devons le mettre à la tête de notre Requête.

La mere Angelique.

Doucement nôtre Sœur, avant que de rien mettre par ordre, parcourons encor d'autres endroits ; peut-être en trouverons-nous pour le moins d'auffi piquans. Par exemple. Celui-là.

,, *Juf-*

,, *Jufqu'au lever de l'aftre de Vénus,*
,, *Il repofoit fur la Boëte aux Agnus.*

La feconde Novice *à part.*

Bon, bon, nous allons rire de la bonne façon.

La Mere Angelique.

,, *A fon réveil de la fraiche Nonnette.*
,, *Libre témoin il voyoit la Toilette......*

La mere Superieure.

Nôtre Toilette, nôtre Sœur, ah ! quelle impu-
dicité. Libre témoin il voyoit la Toilette... ah !
nôtre fœur.

La fœur Angelique *pourfuit.*

,, *Oüi quelque part j'ai lû qu'il ne faut pas,*
,, *Aux fronts voilez des Miroirs moins fidéles,*
,, *Qu'aux fronts ornez de Clinquants & Dentelles.*

La mere Ignace.

Mifericorde, ma fœur, ah je n'en puis plus.

La fœur Angelique *pourfuit.*

,, *Ainfi qu'il eft pour le Monde & les Cours,*
,, *Un art, un goût de modes & d'atours,*
,, *Il eft aufi des modes pour le Voile,*
,, *Il eft un art de donner d'heureux tours*
,, *A l'étamine, à la plus fimple toile,*

,, *Spe-*

„ *Souvent l'Effein des folâtres Amours*,
„ *Effein qui fçait franchir Grilles & Tours*,
„ *Donne au bandeau une grace piquante*,
„ *Un air galant à la guimpe flottante*,
„ *Enfin*, *avant de paroître au Parloir*
„ *On doit au moins deux coups d'œil au miroir.*

Pendant ce tems là, toutes les Meres font divers geftes, hauffent les épaules, &c.

La mere Superieure.

Pere Eternel, miſericorde, quel abominable homme !

La mere faint Auguftin.

„ *Quels horreurs*, *quel langage pervers?*

La mere Angelique.

„ *Il eft auffi des modes pour le Voile.*

Chez nous une mode, notre Mere, il fait bien de nous l'aprendre, car nous ne le fçavions pas,

La premiere Novice.

„ *Souvent l'effein des folâtres amours*,
„ *Effein qui fçait franchir Grilles & Tours.*

Que dites-vous de ces deux Vers là.

La mere Ignace.

Ah ! je m'en meurs.

La

La feconde Novice.

J'y fuis plus fenfible que perfonne.

,, *Effein qui fçait franchir Grilles & Tours.*

S'il difoit vrai du moins, nôtre Mere, on pouroit lui pardonner. Tenez, ma mere, je tiens un trait des plus piquants, c'eft l'adieu d'une Novice, lorfqu'il part pour Nantes.

,, *Tel fut l'adieu d'une Nonnain poupine ,*
,, *Qui pour diftraire & charmer fa langueur,*
,, *Entre deux draps , avoit à la fourdine*
,, *Très-fouvent fait l'Oraifon dans Racine ,*
,, *Et qui fans doute auroit de très-grand cœur*
,, *Loin du Couvent fuivi l'Oifeau parleur..*

La mere Superieure.

C'eft affreux, ma fille , gardez-vous de le croire.

La feconde Novice.

Je m'en garderai bien ma mere.

La mere Ignace.

C'eft impudent , notre mere.

La premiere Novice.

,, *Et qui fans doute auroit de très - grand cœur,*
,, *Loin du Couvent fuivi l'Oifeau parleur,*

Helas... faut-il. *En foupirant.*

La

La seconde Novice.

Il en dit trop & n'en fait pas assez.

La mere Ignace.

Notre mere voilà quelque chose de pis, il nous traite de folles.

La mere Superieure.

Ma sœur, de folles... Ah !

La mere Ignace.

Voilà son Vers.

,, *Par la Corbleu que les Nonnes sont folles.*

La mere Superieure.

,, *Mon doux Sauveur, comment peut-il, en con-science jurer comme un damné.*

La Mere saint Augustin.

Et moi ma mere il m'a rimé en *Tain*. Nous ne nous sommes jamais vû & je ne le connois pas.

La mere Superieure.

Il faut, notre sœur, tout prendre en patience.

La mere Ignace.

Voilà encor une horrible suite, en parlant de son Perroquet.

,, *Les B. les F. voltigeoient sur son bec.*

La

La-mere Superieure.

Mon Dieu , quel eſt ce langage là?

La mere Ignace.

Mais que veut il dire par ſes B. F.

La mere Superieure.

Je ne ſçai pas non plus.

La premiere Novice.

Eh ma mere le Vers ſuivant vous inſtruira. E-
coutez.

„ *Les jeunes Sœurs crurent qu'il parloit Grec.*

La mere Superieure.   La mere Ignace.

Quoi , c'eſt là du Grec.

La mere Ignace.

On diſoit cette langue armonieuſe.

La ſeconde Novice *à part.*

Celle-là eſt de l'armonie des Broüetiers.

La premiere Novice.

Mais notre mere, le Grec eſt bien changé.

La mere Superieure.

Auſſi donc, car mon neveu le Vicomte, qui eſt
encor au College, m'en a répété pluſieurs paſſages,
& ils me faiſoient un vrai plaiſir. Mais qu'eſt-ce?

D 4   SCE-

SCENE SIXIE'ME.

LA MERE SUPERIEURE, LE RESTE UNE TOURIERE.

La Touriere.

MA sœur saint Augustin , on vous demande au Parloir.

La Mere saint Augustin.

Sçavez-vous qui , ma sœur.

La Touriere.

Je crois que c'est le même M. qui vint hier vous voir.

La mere saint Augustin.

Ah notre mere, c'est mon oncle le Commandeur.

La mere Superieure.

Courez vîte ma sœur & ne le faites pas attendre , pour aujourd'hui je vous dispense de notre Régle, courez, nous y sommes toutes intéressées.

❧❧❧❧❧❧❧❧❧❧❧❧❧❧❧

SCENE SEPTIE'ME.

LA MERE SUPERIEURE, LA MERE IGNACE, LA MERE ANGELI- QUE, LES DEUX NOVICES.

La mere Superieure.

A La fin, ma sœur, nous allons être éclaircies sur un mistere si important pour nous, & nous pourons alors plus sûrement porter nos coups.

La mere Angelique.

Je meurs d'envie de sçavoir le nom de cet indigne Auteur.

La mere Ignace.

Pour moi notre mere, je ne doute que ce ne soit un ennemi de la Religion.

La mere Superieure.

Mais à propos, notre sœur, son mauvais procédé tombe de lui-même, car il nous est défendu d'élever chez nous des Animaux Domestiques, qui ne servent qu'à l'amusement, tel qu'un Perroquet.

La

La feconde Novice.

Vraiment oüi, notre mere, & l'on nous permet d'avoir du foin & des attentions fines, que pour des Animaux utiles à notre état.

La mere Angelique.

Je n'y avois pas encore fait attention, notre mere, ainfi fi l'Auteur dans fon principe fe trompe, le monde, quoique de naturel incliné à penfer le mal plutôt que le bien, reviendra bien tôt de tous les abus, que l'infame Auteur a gliffé dans le refte de la piéce.

La mere Superieure.

En vérité, je ne reviens pas de cet indigne procédé.

SCENE HUITIE'ME.

LA MERE SUPERIEURE, LA MERE ANGELIQUE, LA MERE S. IGNACE, DEUX NOVICES, UNE TOURIERE.

La Touriere.

MOn Dieu! notre Reverende Mere, j'ai une fâcheufe nouvelle à vous apprendre, notre fœur le Febvre, eft revenue exprés de la Ville

le pour nous avertir, que le R. P. G. avoit un gros rhume fur la poitrine, & que cette nuit il n'avoit prefque point fermé l'œil.

Toutes enfemble.

Mon Dieu ! le pauvre P. G.

La mere Superieure.

Allez vîte, fœur Angelique, allez vîte à l'Office, & donnez à la fœur le Febvre une bouteille de Syrop de limon, une demi-douzaine de pâtes de Guimauves, & de Réglife blanc & noir, & chargez-là des Complimens de toute la Communauté, & des miens, & de lui marquer la part, que nous prenons toutes à fon incommodité.

La mere Ignace.

Mais, notre Révérende mere, fi vous vous donniez la peine de lui en écrire un mot, je crois que cela vaudroit encore mieux.

La mere Superieure.

Vous avez raifon, notre fœur, mais prêtez-moi, je vous prie, une plume, car je ne fçai ce que j'ai fait de la nôtre, allez toûjours, fœur Angelique, aprêter ce que je vous ai dit: notre Lettre va être prête dans un moment, fœur S. Ignace & moi allons la faire.

SCE-

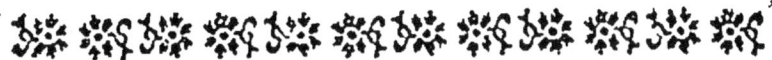

SCENE NEUVIE'ME.

LES DEUX NOVICES.

La premiere Novice.

ENfin nous voilà en liberté d'écrire tout à notre aise.

La seconde Novice.

Pour celui-là, ma sœur, je puis dire que j'ai été à la Comedie aujourd'hui, sans sortir du Couvent.

La premiere Novice.

Eh ! mon Dieu, ma sœur, n'y allons-nous pas tous les jours ? en allant à la Récreation.

La seconde Novice.

Les Helas ! de nos Meres m'ont beaucoup réjoüie.

La premiere Novice.

Et moi les figures & contorsions qu'elles faisoient, lorsque notre mere Angelique lisoit le trait de la Toilette.

La seconde Novice.

Il y en a un, ma sœur, que je suis étonnée qui
ait

ait échapé à la critique de nos Meres. Ecoutez,

  ,, *Jamais du mal il n'avoit eu l'idée,*
  ,, *Ne sçavoit-onc un immodeste mot,*
  ,, *Mais en revanche il sçavoit des Cantiques :*
  ,, *Des* Oremus, *des Colloques mystiques,*
  ,, *Il disoit bien son* Benedicité ;
  ,, *Et nôtre Mere, & votre Charité,*

La premiere Novice.

Que cela est joli, d'autant plus que tout y est vrai.

La seconde Novice.

Vous n'êtes pas encore à la fin. *Elle poursuit.*

  ,, *Il sçavoit même un peu du Soliloque,*
  ,, *Et des traits fins de Marie Alacoque,*
  ,, *Il avoit eu dans ce docte manoir*
  ,, *Tous les secours qui ménent au sçavoir ;*
  ,, *Il étoit là plusieurs filles sçavantes,*
  ,, *Qui mot pour mot portoient dans leurs cerveaux*
  ,, *Tous les Noëls anciens & nouveaux ;*

La premiere Novice.

Mais, ma sœur, comment l'Auteur peut-il en sçavoir tant.

La seconde Novice.

Il a peut-etre passé quelque tems dans quelqu'un de nos Monasteres. Mais écoutez jusqu'au bout.

,, *Inf-*

„ *Inſtruit formé par leurs leçons fréquentes ,*
„ *Bien-tôt l'élève égala ſes Régentes ,*
„ *De leur ton même adroit imitateur ,*
„ *Il exprimoit la pieuſe lenteur ,*
„ *Les ſaints ſoupirs , les nottes languiſſantes*
„ *Du chant des Sœurs , Colombes gemiſſantes ,*
„ *Finalement Vairvert ſçavoit par cœur*
„ *Tout ce que ſçait une Mere de Chœur.*

Eh ! bien , que dites-vous de cela ?

La premiere Novice.

Que c'eſt le plus joli endroit de toute la piéce.

„ *Il ſçavoit des Cantiques.*
„ *Des* Oremus *, des Colloques myſtiques ,*
„ *Il diſoit bien ſon* Benedicite *,*
„ *Et nôtre Mere , & vôtre Charité ,*

J'en ſuis enchantée.

La ſeconde Novice.

Moi je ſuis encore plus pour ceux-ci.

„ *Il ſçavoit même un peu du Soliloque ,*
„ *Et des traits fins de Marie Alacoque,*
„ *Il étoit là pluſieurs filles ſçavantes ,*
„ *Qui mot pour mot portoient dans leurs cerveaux*
„ *Tous les Noëls anciens & nouveaux;*

Il ſçavoit tout ſaint Auguſtin , il auroit fallu

ma

ma sœur, le mettre pour arbitre, entre les Jan-seniftes & les Moliniftes.

La premiere Novice.

Ma sœur dans l'un & l'autre parti, il y en a bien qui n'en sçavent pas plus que n'en sçavoit le Perroquet.

La seconde Novice.

Vous avez raison, ma sœur, mais laissons cela aux gens du métier, pour nous disons notre *Credo*. Cela nous suffit.

La premiere Novice.

,, *Il exprimoit la pieuse lenteur,*
,, *Les saints soupirs, les nottes languissantes*
,, *Du Chant des Sœurs, Colombes gémissantes,*

Que cela est bien exprimé ; en effet, y a-t'il rien de plus sot que le Chant des Sœurs de Sainte Marie ? Surement S. François de Sales n'avoit pas le goût bon pour les Chants d'Eglise, car il ne pouvoit pas en choisir un plus vilain que celui-là.

La seconde Novice.

Il est d'autant plus vilain, qu'il nous fait geler quand nous sommes au Chœur.

La premiere Novice.

Il y a encor deux Vers qui me charment.

,, *Fina-*

„ ¡Finalement Vairvert ſçavoit par cœur ⎫
„ Tout ce que ſcait une mere de Chœur. ⎰ Enſemble.

La ſeconde Novice.

J'allois vous le faire remarquer.

La premiere Novice.

„ Tout ce que ſcait une Mere de Chœur.
Ce n'eſt pas peu dire au moins , & il y a des Meres de Chœur , qui ſçavent un peu plus que la notte.

La ſeconde Novice.

Eh bien! ma ſœur, nos Meres trouvoient ridicule le trait du Directeur, on eſt venu les avertir, que le P. G. étoit malade, voyez quels mouvemens elles ſe ſont donnez.

La premiere Novice.

Elles ont beau dire & beau faire, on les croira toûjours ridicules.

La ſeconde Novice.

Eh! mon Dieu, elles le ſont en tout.

La premiere Novice.

Voulez-vous que je vous diſe, ma ſœur, plus j'avance au terme de mon Noviciat, plus j'ai de chagrin de me voir obligée à paſſer ma vie dans un lieu tel que celui-ci, ou tout eſt rempli de petiteſſes , & cependant d'orgueil & de ſotte vanité.

nité. Car fi nos meres ont des parens de quelque
condition, elles vous jettent cela au nez cent fois
le jour, & cependant avec tout leur orgueil, elles s'amufent de quantité de minauderies qui font
hauffer les épaules à celles qui ont tant foit peu
de raifon.

La feconde Novice.

Mais ma fœur, puifque vous etes fi dégoutée
du Couvent, pourquoi perfifter dans la réfolu-
tion de faire vos vœux.

La premiere Novice.

Que voulez-vous que je faffe, c'eft bien malgré moi. Mon pere s'eft remarié, je fuis tous
les jours expofée aux mauvaifes humeurs d'u-
ne bele mere. Mon pere a fait ce qu'il a pû
pour me dégouter du Couvent, & fi je refte, ce
fera plûtôt par raifon, que par inclination.

La feconde Novice.

Et moi ma fœur, fi j'étois de vous, j'aimerois
mieux vivre dans le monde. Avec le peu de bien
que vous pourez avoir, une fille de mérite trouve toûjours rang parmi les honnetes gens.

La premiere Novice.

Ma fœur vous avez, en vérité, de moi une
idée trop avantageufe, je vous ai mille obliga-
tions des fentimens que vous voulez bien avoir
pour moi... non, j'y fuis entrée, c'eft pour y
demeurer le refte de mes jours, je tacherai de
faire de néceffité vertu. Au refte, ma fœur, je

E   viens

viens de vous faire part d'une chofe fur laquelle
je vous prie de garder un fecret inviolable.

La feconde Novice.

Ma fœur foyez perfuadée que je le fçai, fans
le fçavoir, & puifque vous avez la bonté de m'honorer de votre amitié & de votre confiance, je
veux vous faire un aveu, qui demande de vous
le même fervice, c'eft que j'ai pris le parti de
fortir auffi du Couvent, & comme je n'y fuis
entrée que contre la volonté de mes parens (ce
qui eft extraordinaire) ils feront ravis de me re-
voir : fi les Religieufes ont quelque regret de me
perdre, elles ne doivent s'en prendre qu'à leurs
ridicules manieres d'agir qui....

La premiere Novice.

Taifons-nous, voilà nos meres qui reviennent

La feconde Novice.

Elles fçauront bien-tôt la fin de nôtre entre-
tien.

SCENE DIXIE'ME.

LA MERE SUPERIEURE, LA MERE S. IGNACE, LA MERE ANGELIQUE, LES DEUX NOVICES.

La mere Superieure.

EN verité je suis dans une grande inquiétude de la santé de notre pauvre P. G.

La mere S. Ignace.

Il se portoit assez bien, quand il entra ici aux quatre temps de Noël, mais ma sœur pourquoi Mgr. l'Archeveque ne veut-il point qu'il vienne confesser hors ces jours-là.

La mere Superieure.

Je ne sçai pas qu'est-ce qui a pû l'engager à faire cette défense qui nous fait tant de peine.

La mere Angelique.

C'est quelqu'un, sans-doute, qui a desservi les bons Peres auprès de sa Grandeur, par tout nôtre mere,,,,,

SCE-

SCENE ONZIE'ME.

LA MERE SUPERIEURE, ET LA MERE ECOUTE *toute. tranſportée.*

La mere Ecoute.

VOus ne ſçavez pas, nôtre mere, j'étois à l'é-
coute de notre mere ſaint Auguſtin, on a
parlé de Vairvert, & le Mr. a dit que c'étoit un
Jeſuite, qui l'avoit fait.

Toutes enſemble.

Un Jeſuite. La mere Superieure. *Toutes enſemble.*

Ma ſœur, que dites-vous là... Quoi un Jeſuite... juſte Ciel... Un Jeſuite.

La mere S. Ignace.

Cela ne ſe peut ma ſœur,.. C'eſt une calomnie.

La mere Angelique.

Quoi, ce ſeroit un Jeſuite, qui auroit fait ce
Livre infame.

La mere Ecoute.

Un Jeſuite ma ſœur, un Jeſuite, un Jeſuite.

La

La feconde Novice.

Il y a là-dedans quelque chofe qui révolte.

La mere Angelique.

Un Jefuite, nôtre Mere, faire un pareil Livre, non cela ne fe peut ma Sœur.

La mere S. Ignace.

Ne vous etes-vous point trompée notre Sœur?

La mere Ecoute.

Non, non, j'ai écouté de toutes mes oreilles.

La premiere Novice à part.

La chofe étoit trop interreffante pour ne pas bien écouter.

La mere S. Ignace.

Mais.. Nôtre Sœur... N'a-t'on point ... Dit ... Un Janfenifte.

La mere Ecoute.

Non, nôtre Mere, un Jefuite, un Jefuite.

La feconde Novice.

La Rime, nôtre Sœur, vous a peut-etre trompé.

La mere Superieure.

Il faut attendre la Mere faint Auguftin, elle nous éclaircira. Mais la voilà.

E 3   SCE.

SCENE DOUZIE'ME.

LA MERE SUPERIEURE, LA MERE S. IGNACE, LA MERE SAINT AU-GUSTIN, LA MERE ANGELIQUE, LA MERE ECOUTE, LES DEUX NOVICES.

La mere faint Auguftin.

AH! ma Mere, nous fommes au comble de nos malheurs. Un Jefuite, nôtre Mere... Un Jefuite a fait ce Livre infame.

La mere Superieure.

Cela n'eft donc que trop vrai, nôtre fœur Ecoute nous l'avoit déja annoncé, mais nous n'avions pas voulu l'en croire.

La mere S. Ignace.

Quel hérétique!

La feconde Novic.

Il a manqué à fa vocation, il devoit être Janfenifte.

La mere Angelique.

Oh! fi c'étoit un Janfenifte, il n'y auroit rien à dire. Mais un Jefuite.

La

La feconde Novice *à part.*

Cela n'eſt plus du jeu. Un Jeſuite.

La mere Angelique.

Vraiment , nous avions cru que nôtre fœur E-
coute avoit confondu l'un avec l'autre.

La mere Auguſtin.

Pour moi, quoi qu'on me l'ait dit, j'ay de la
peine à le croire.

La mere Superieure.

Ne vous l'a-t'on point nommé , ma Sœur.

La mere faint Auguſtin.

C'eſt le P. G.

La feconde Novice.

Quoi le P. G. Je le croyois fi aimable Homme ; il me plaifoit tant.

La mere S. Ignace.

Je ne fuis pas furprife qu'il ait fait un tel Livre,
je n'ay jamais cru cet homme-là capable d'etre Jefuite. Tout y repugne dans fes manieres. Il a un
air fier qui ne s'accorde nullement avec l'humilité
de faint Ignace.

La mere Angelique.

Nôtre Sœur a raifon. Il portoit auſſi fon Man-
teau en petit Abbé poupin.

E 4

Icy

Icy en foupe la fin de la Récréation.

La mere Superieure.

Nous voilà pourtant défarmées, car...

La premiere Novice.

Nôtre Mere voilà la fin de la Récréation qui fonne.

La mere Superieure.

Allons retirons-nous nos cheres Sœurs. Mais auparavant il faut que je vous faffe part de ma refolution.

Comme nous ne pourions rien intenter contre le P. G. Que nous n'attaquaffions la chere Compagnie, à laquelle il a l'honneur & le bonheur d'etre affocié, & que nous avons trop de refpect pour elle pour rien entreprendre contre. Mon avis feroit de nous unir toutes pour empecher qu'il ne fit fes derniers vœux & ne demeurât plus long-tems Jefuite. Allons, uniffons nous toutes, nos tres-cheres Sœurs, pour une œuvre fi charitable, car nous aurons en cela un mérite infini, en engageant ces bons Peres à fe defaire d'un fujet qui leur fait tant de deshonneur.

La feconde Novice *à part.*

Je crois qu'il ne fe fera pas beaucoup tirer l'oreille. *A la premiere Novice.* Allons ma Sœur, & charitablement pour nous, tâchons de nous delivrer d'elle.

F I N.

LE

LE CARESME
IN-PROMPTU.

SOus un Ciel toûjours rigoureux,
   Au fein des flots impétueux,
Non loin de l'Armorique Plage,
Il eſt une Iſle, affreux Rivage,
Habitaclè marécageux
Moitié peuple, moitié fauvage,
Dont les Habitans malheureux
Séparez dú reſte du Monde,
Semblent ne connoître que l'Onde,
Et n'etre connus que des Cieux.
Des nouvelles de la Nature
Viennent rarement fur ces Bords.
On n'y ſçait que par avanture,
Et par de très-tardifs rapports
Ce qui ſe paſſe fur la Terre,
Qui fait la paix, qui fait la guerre,
Qui font les Vivans & les Morts.
   De cette étrange réfidence
Le Curé, fans trop d'embarras,

E 5   En-

Enféveli dans l'indolence
D'une héréditaire ignorance,
Vit de Baptêmes, de trépas,
Et d'Offices qu'il n'entend pas.
Parmi les Notables de l'Ifle
Il eft regardé comme habile
Quand il peut dire quelque fois
Le mois de l'An, le jour du Mois;
On va penfer que j'exagére,
Et que j'outre ce caractére; -
,, Quelle apparence! dira t'on;
,, Quelle Ifle affez abandonnée
,, Ignore le tems de l'Année?
,, Non, ce trait ne peut etre bon
,, Que dans une Ifle imaginée
,, Par le fabuleux Robinfon.
De grace, Cenfeur incrédule,
Ne jugez point fur ce foupçon;
Un Fait narré fans fiction
Va vous enlever ce fcrupule,
Il porte la Conviction,
Je n'y mettrai que la façon.
Le Curé de l'Ifle fufdite,
Vieux Papa, bon Ifraëlite,
(N'importe quand advint le cas)
N'avoit point, avant les Etrennes,
Fait apporter de nos Climats
De *Guid'anes* ni d'Almanachs

Pour

Pour le guider dans ſes Antïennes,
Et régler ſes petits Etats.
Il reconnut ſa négligence,
Mais trop tard vint la prévoyance,
La Saiſon ne permettoit pas
De faire voile vers la France;
Abandonnée aux noirs frimas
La Mer n'étoit plus pratiquable,
Et l'on n'eſpéroit les bons Vents
Qui rendent l'Onde navigable,
Et le Continent abordable;
Qu'à la naiſſance du Printems,
  Pendant ces trois mois de tempêtes,
Que faire ſans Calendrier?
Comment placer les jours de Fêtes?
Comment les differencier?
Dans une pareille méprise
Quelqu'autre Curé plus ſçavant
N'auroit pû régir ſon Egliſe,
Et peut-être dévotement
Bravant les fougues de la Bise,
Se feroit livré ſans remiſe
Aux perils du moîte Element.
Mais pour une telle imprudence
Doüé d'un trop bon jugement,
Nôtre bon Prêtre aſſurément
Chériſſoit trop ſon exiſtence.
  C'étoit d'ailleurs un vieux Routier,

Qui

Qui s'étant fait une habitude

Des fonctions de son métier,

Officioit sans trop d'étude,

Et qui dans sa décrépitude

Dégoisoit Pseaumes & Leçons

Sans y faire tant de façons :

Prenant donc son parti sans peine

Il annonce le premier mois,

Et recommande par trois fois

A son Assistance Chrétienne

De ne point finir la semaine

Sans chommer la fête des Rois ;

Ces premiers Points étoient faciles,

Il ne trouva de l'embarras

Qu'en pensant qu'il ne sçauroit pas

Où ranger les fêtes Mobiles :

Qu'y faire enfin ? peu scrupuleux,

Il décida, ne pouvant mieux :

Que ces Fêtes, comme ignorées,

Ne seroient chez lui célébrées

Que quand, au retour du Zéphir,

Lui-meme il auroit pû venir

Prendre langue dans nos contrées :

Il crut cet avis felon Dieu,
Ce fut celui de fon Vicaire,
De Javotte fa ménagere,
Et de fon Magifter Mathieu
La plus forte tête du Lieu.

 Ceci pofé, Janvier fe paffe,
Plus agile encor dans fon cours
Février fuit, Mars le remplace,
Et l'Aquilon regnoit toûjours :
Du Printems, avec impatience,
Attendant le prochain retour
Et fur l'Annuelle abftinence
Prétendant caufe d'ignorance,
Où bonnement & fans détour
Par faute de réminifcence,
Nôtre vieux Curé, chaque jour,
Se mettoit fur la confcience
Un Chapon de fa baffe cour :
Cependant, pourfuit la Chronique,
Le Careme depuis un mois,
Sur tout l'Univers Catholique
Etendoit fes aufteres Loix :
L'Ifle feule, grace au bon Homme,

A

A l'abri des Statuts de Rome
Voyoit fes libres Habitans
Vivre en gras pendant tout ce tems.
De vrai, ce n'étoit fine Chére,
Mais cependant chaque Infulaire
Mi-Païfan, & mi-Bourgeois,
Pouvoit parer fon Ordinaire
D'un fin Lard flanqué de vieux Pois;
A l'exemple du Presbitére,
Tous, dans cette erreur falutaire,
Soupoient pour nous d'un cœur joyeux,
Tandis que nous jeunions pour eux.
  Enfin pourtant le froid Borée
Quitta l'Onde plus tempérée:
Voyant qu'il étoit plus que tems
D'inftruire nos Impénitens,
Le Diable, content de lui-meme,
Ne retarda plus le Printems;
C'étoit lui, qui par ftratagême
Leur rendant contraire tout Vent
Avoit voulu, chémin faifant,
Leur efcamotter un Carême
Pour fe divertir en paffant.

Le calme rétabli fur l'Onde,
Mon Curé, felon fon ferment,
Pour voir comment alloit le Monde,
S'embarque fans retardement;
S'étant bien lefté la Bedaine
De quatre tranches de jambon,
(Fait, digne de réfléxion,
Car de la Sainte Quarantaine
Déja la cinquiéme Semaine
Venoit de commencer fon cours)
Il vient, il trouve avec furprife
Que dans l'Empire de l'Eglife
Pâques revenoit dans dix jours :
„ Dieu foit loüé ! prenons courage,
Dît-il, enfonçant fon Caftor,
„ Grace au Seigneur, nôtre voyage
„ Se trouve fait à tems encor
„ Pour pouvoir dans mon Hermitage
„ Fêter Pâques felon l'ufage.
    Content, il rentre fur fon Bord,
Après avoir fait fes emplettes
Et d'Almanachs & de Lunettes;
Il part, il arrive a bon port

Dans

Dans ses solitaires Retraittes ;
Le lendemain, jour des Rameaux,
Prônant avec un zéle extrême,
Il notifie à ses Vassaux
La datte de nôtre Careme.

„ Mais, poursuit-il, j'ai mon sisteme,
„ Mes Freres, nous n'y perdrons rien,
„ Et nous les ratraperons bien :
„ D'abord, avant nôtre abstinence,
„ Pour garder l'usage ancien
„ Et bien remplir toute Observance,
„ Le Mardi-Gras sera mardi,
„ Le jour des Cendres mecredi ;
„ Suivront trois jours de Pénitence,
„ Dans toute l'Isle on jeûnera ;
„ Et Dimanche, unis à l'Eglise,
„ Sans plus craindre aucune méprise,
„ Nous chanterons l'*Alleluïa*.

LE LUTRIN
VIVANT.

A Monſieur l'Abbé de Segonzac.

DE mes Ecrits aimable confident
   Cher Segonzac , ma Muſe ſolitaire
De ſes ennuis briſant la chaine auſtere,
Vient , près de toi, retrouver l'enjoûment :
Je m'en ſouviens, lorſqu'un ſort plus charmant
Nous uniſſoit ſur les Rives de Loire ,
Aux Champs heureux dont Tours eſt l'ornement ,
Lieux toûjours chers au Dieu de l'Agrément.
Je te promis qu'au Temple de Mémoire
Je placerois le Pupitre vivant ,
Dont je t'appris la naiſſance & la glôire ,
Je l'ai promis, je remplis mon ſerment.
A dire vrai, cette moderne Hiſtoire
Eſt un peu folle, il en faut convenir ;
Eſt-ce un défaut ? non, ſi c'eſt un plaiſir.
Dans les langueurs de la mélancolie ,
Quoi, la Sageſſe eſt-elle de ſaiſon ?

Un trait Comique, une vive faillie
Marquez au coin de l'aimable Folie,
Confolent mieux qu'une froide Oraifon
Que preche en vain l'ennuyeufe Raifon.
Quoiqu'il en foit, ma Minerve févere
Adoucira ces grotefques portraits,
Et les voilant d'une gaze légere,
Ne montrera que la moitié des traits.
Venons au fait : Honni qui mal y penfe !
Attention : j'ai touffé ; je commence.

NON loin des Bords du Cher, & de Lauron,
Dans un climat dont je tirai le nom,
Eft un vieux Bourg, dont l'Eglife fans vitres
A pour Clergé le plus gueux des Chapitres :
Là ne font point de ces mortels fleuris,
Qui dans les bras d'une heureufe indolence
Exempts d'étude, & libres d'abftinence,
N'ont qu'à nourrir leur brillant coloris.
On ne voit là que pâles Effigies,
Qui du Champagne onc ne furent rougies,
Que maigres Clercs, Chanoines avortons,
Sans rabats fins, & fans triples mentons,
Contraints d'aller, traînant leurs faces blêmes,
A chaque Office, & de chanter eux-memes.
Ils ont pourtant, pour aider leur labeur,
Un Chapelain & quatre Enfants de Chœur ;
Ces Jouvenceaux ont leur gîte ordinaire

Chez

Chez Dame Barbe, elle leur fert de Mere
Et de foûtien, le Public eft leur pere.
Il faut fçavoir, pour plus grande clarté,
Que Dame Barbe eft une Octogénaire,
Fille jadis, aujourd'hui Doüairiere,
Qui des feize ans, d'un fiécle corrompu
Craignant l'écüeil, pour mettre fa vertu
Mieux à couvert des Mondains & des Moines
Crut devoir vivre auprès d'un des Chanoines.
D'Abord fervante, enfuite adroitement
Elle parvint jufqu'au gouvernement,
Déja trois fois elle a vû dans l'Eglife
De Pere en Fils chaque Charge tranfmife.
Barbe en un mot, au Chapitre fufdit,
De Race en Race a gardé fon crédit.
    Or chez ladite arriva nôtre hiftoire,
En Juin dernier ; l'Avanture eft notoire :
Par cas fortuit l'Enfant-de-Chœur Lucas,
Avoit uzé l'Etui des Païs-Bas,
Vous m'entendez, fa Culotte trop mure
Le trahiffoit par mainte découpure :
Déja la Bréche augmentant tous les jours
Démanteloit la Place & les Fauxbourgs ;
Barbe le voit, s'attendrit : mais que faire ?
Elle étoit pauvre, & l'étoffe etoit chére,
D'une autre part le Chapitre étoit gueux ;
Et puis d'ailleurs le petit Malheureux,
Ouvrage né d'un auteur Anonime,

Ne.

Ne connoiſſant parens ni Légitime,
N'avoit en tout dans ce ſtérile lieu
Pour ſe chauffer, que la grace de Dieu.
Il languiſſoit dans une triſte attente,
Gardant la chambre, & rarement debout :
Enfin pourtant l'habile Gouvernante
Sçut lui forger une armure décente
A peu de frais, & dans un nouveau goût ;
Néceſſité tire parti de tout,
Néceſſité d'Induſtrie eſt la Mere :
Chez Barbe étoit un vieux Antiphonaire,
Vieux Graduel, ample & poudreux Bouquin,
Dont, aux bons Jours, on paroit le Lutrin ;
D'épais lambeaux d'un parchemin Gothique
Formoient le corps de ce Grimoire antique,
De ſes feüillets de la craſſe endurcis
L'âge avoit fait une etoffe *en glacis*.
La Vieille crut qu'on pouvoit ſans dommages
Du Livre affreux détacher quelques pages,
Elle en prend quatre, & les coût proprement
Pour relier un volume Vivant :
Mais le hazard voulut que l'Ouvriere,
Très-peu ſçavante en pareille matiére,
Dans les feüillets qu'elle prît ſans façon
Prît juſtement la Meſſe du Patron.
L'ouvrage fait, elle en coëffe à la diable
L'humanité du petit miſérable,
Parquoi Lucas chamarré de plein-chant,

Ne craignit plus les infultes du Vent.
Or cependant arrive la Saint Brice
Fête du lieu, fête de grand office :
Le maître Chantre, Intendant du Lutrin,
Vient au grand Livre, il cherche, mais envain ;
A feüilleter il perd & tems & peines,
Il jure, il facre, & s'imagine enfin
Qu'un Chœur de Rats a mangé les Antiennes.
Mais par bonheur, dans ce trifte embarras,
Ses yeux diftraits rencontrent mon Lucas,
Qui, de Grimauds renfonçant une troupe,
Sans le fçavoir, portoit l'Office en croupe :
Le Chantre lit, & retrouve au niveau
Tout fes Verfets fur ce Livre nouveau ;
Sur l'heure, il fait fon rapport au Chapitre,
On délibere, on décide foudain
Que le Marmot, braqué fur le Pupitre,
Y fervira de Livre & de Lutrin.
Sur cet Arrêt, on le ftile au fervice,
En quatre tours il apprend l'exercice :
Déja d'un air intrépide & dévot
Lucas s'acroche à l'Aigle du Pivot ;
A Livre ouvert le Chapier en Lunettes
Vient entonner ; un groupe de *Mazettes*
Très-gravement pourfuit ce chant fallot,
Concert grotefque, & digne de Callot.
    Tout alloit bien jufques à l'Evangile,
Ferme & plus fier qu'un Sénateur Romain,

F 3   Lu-

Lucas tenant fa façade immobile,
Avec fuccès auroit gagné la fin :
Mais par malheur une Guefpe incivile
Par la coûture entr'ouvrant le vélin,
Déconcerta le fenfible Lutrin.
D'abord il fouffre, il fe fait violence,
Et tenant bon, il enrage en filence,
Mais l'aiguillon allant toûjours fon train,
Pour éviter l'infecte impitoyable,
Le Lutrin fuït en criant comme un diable;
Et loin de-là va, partant comme un trait,
Pour fe guérir, retourner le feüillet.
Le fait eft fûr, fans peine on peut m'en croire,
De deux Gafcons je tiens toute l'Hiftoire.

   C'eft pour toi feul, Ami tendre & charmant,
Que j'ai permis à ma Mufe exilée
Loin de tes yeux triftement ifolée,
De s'égayer fur cet Amufement,
Fruit d'un caprice, ouvrage d'un moment :
Que loin de toi jamais il ne tranfpire !
Si par hazard il vient à d'autres yeux,
Les Efprits francs, qui daigneront le lire,
Sans s'appliquer, follement fcrupuleux,
A me trouver un crime dans mes jeux,
Honoreront peut-etre d'un fourire
Ce libre effort d'un aimable délire,
Délaffement d'un travail férieux :

Pour

Pour les Bigots & les froids Précieux:
Peuple sans goût, Gens qu'un faux zéle inspire,
De nos Chansons Critiques ténébreux,
Censeurs de tout, exempts de rien produire,
Sans trop d'effroi, je m'attens à leur ires.
Déja j'en vois, un Trio langoureux
S'ensévelir dans un réduit poudreux,
Fronder mes Vers, foudroyer & proscrire
Ce badinage, en faire un Monstre affreux:
Je les entens gravement s'entre-dire
D'un air capable, & d'un ton doucereux,
,, Y pense-t'il? quel Ecrit scandaleux !
,, Quel tems perdu! pourquoi, s'il veut écrire,
,, Ne prend-il point des Sujets plus pompeux,
,, Des traits moraux, des Eloges fameux?...
Mais dédaignant leur absurde Satyre,
Aimable Abbé, nous ne ferons que rire
De voir ainsi ces graves ennuyeux
Perdre à gronder, à me chercher des crimes,
Bien plus de tems- & de peines entre-eux,
Que je n'en perds à façonner ces rimes.
Pour toi, fidéle au Goût, au Sentiment,
Franc des travers de leur aigre doctrine,
Tu n'iras point peser stoïquement,
Au grave poids d'une Raison chagrine,
Les jeux légers d'une Muse badine;
Non, la Raison, celle que tu chéris,
A ses côtez laisse marcher les Ris,

Et

Et laiffe au Froc ces vertus trop fardées,
Qu'un plaifir fin n'a jamais déridées:
Ainfi penfoit l'amufant Ducerceau,
Sage enjoüé, vertueux fans rudeffe,
Des Sages faux évitant la trifteffe,
Il badinà fans s'écarter du Beau,
Et fans jamais effrayer la Sageffe;
Ainfi les traits de fon heureux Pinceau
Plairont toûjours, & de Races en Races
Vivront gravez dans les Faftes des Graces,
Et les Cenfeurs obftinez à ternir
Son Art chéri, par l'ennui pédantefque
D'un François fade ou d'un Latin Tudéfque
Endormiront les Siécles à venir.

FIN.

www.ingramcontent.com/pod-product-compliance
Lightning Source LLC
Chambersburg PA
CBHW060442260626
47161CB00005B/2040